Zdravko Luburic

Wenn das Schweigen spricht

Zdravko Luburic

Wenn das Schweigen spricht

Goldene Rakete Verlag für Belletristik

Imprint

Cover image: www.ingimage.com

Publisher:
Goldene Rakete Verlag für Belletristik
is a trademark of
International Book Market Service Ltd., member of OmniScriptum Publishing Group
17 Meldrum Street, Beau Bassin 71504, Mauritius

Printed at: see last page
ISBN: 978-620-2-44519-1

Valentin Lennep

WENN DAS SCHWEIGEN SPRICHT

Rezension

„Eisenhaltig“ sind die Augen des Vaters, „riesengroß“ die Hände. Schmerzhaft, lebensbedrohend ruft die Erinnerung an die Kindheit in diesen Gedichten des kroatisch-deutschen Lyrikers Zdravko Luburić die Angst wieder hervor. In langen, klagenden Versen erhält das Verstummen des Knaben eine Stimme, die das Entsetzen und den Schrecken vor einem Leben als Strafe in bedrückenden Bildern zeigt. In zitternder Unruhe wird erneut die Vater-Angst beschworen, um sie in tiefer Trauer zu benennen. Diese Klagen zeigen eine Erde mit „dröhnenden Hügeln“, die das Leben des Menschen mit einem „Licht tiefer Dunkelheit“ umgibt. „Alles versammelt sich um die gesunkenen Blicke des Knaben, alles scheidet sich von ihm ab, wird karg, trocken und durchsichtig, so dass man die Zeit seiner Kindheit fühlt. Das aufgehende Abendlicht benetzt seine Tränen; sie hinterließen einen Schrecken, den die Erde nie verloren hat.“

Gesunkene Blicke

Die Zeit rollte an ihrer Dämmerung,
laut und blutrot streifte sie die blaue Weite,
in der nie gehörten Weite, in ihr hinterließ sie blaue Spuren,
vernommen aus stillen Augen des Knaben,
der in Angst verhüllt, leicht erschöpft,
auf einmal zu weinen begann.

Eine harte und trockene Wesensstimme aus Licht;
hinabgestiegen in die weiten Glocken des Abendlichtes
wirbelte der matte Atem des Knaben,
wirbelte um letzte weiße Schmetterlinge mit weißen Augen,
die da ihre Hände streckten nach den kindlichen Tränen;
und sie gehen zum Schlaf, das kleine Herz beweinend.

Gesunkene Blicke des Knaben standen auf einmal still,
ihre Seiten summten dunkel und starrten und zitterten,
voneinander trieben sie die weitentfernten Schritte,
sie kommen immer näher, groß wie Türme des Himmels;
laut wie gelber Klang kreisten sie um ihn jetzt als Schattenlaut,
erbarmungslos kreisten sie und
schlangen sich um des Knaben Tränen.

Die Bitte seiner Augen wand sich um seine Angst,
sie zitterte vor Angst, bebte in seinem Abendversteck;
zum kalten Balsam wurde sie, und sein Atem,
durchtränkt vom versteiften Schweigen,
lauschte der Geräuschlosigkeit, lauschte immer,
lauschte geräuschlos,
wie die dröhnenden Vaterschritte allmählich verschwanden.

Das aufgehende Abendlicht benetzte seine Tränen;
sie hinterließen einen Schreck, den die Erde nie verloren hat.

Der eiskalte Geschmack

Andere Kinder sagen: Mama! und weinen nicht.
Er hört den Namen, ihren Namen, wie er absteigt und aufsteigt,
ihn berührt, den Knaben und sein vergangenes Weinen
und heutige Tränen;
hier versteckt und versenkt an den Gänseblümchen,
erinnert er sich; zwischendurch schaut er zurück,
dauernd starrend und brennend,
doch die Erde glänzt weiter
an jedem Tag, gegeißelt von Knabentränen.

Die Hiebe, die betenden Hände, die schrecklichen Hiebe
dehnen sich aus und wissen nichts von ihm,
nichts von blutig genarbten Striemen,
gekreuzt über dem kleinen, kleinen Leib,
nur finstere Schreie durch den blutenden Mund,
stumpf stöhnend, sich aufbäumend, mit aufgerissenen Augen,
die rückwärts schauen, schauen durch zernagte Tränen,
zu den kleinen, kleinen zerkrampften Händen.

Der blutigen Wunden Verkrustung steigt wehmütig
und wächst bunt aus allen zerquetschten Poren,
dehnt sich aus nach dem verletzten, eiskalten Geschmack,
der das Knabengesicht schweigsam dahinträgt,
überflutet vom verschrumpften Geruch,
der wie eine Nische schweigt
und zittert in der stummen Härte des bitteren Ach,
an allen Hüllen verteilt.

Der Blick des Schattens

Er steht und wächst in die Höhe, ohne zu sprechen
über so langem Schweigen,
seine Substanz ist schwerer Schatten,
getauft in irdischer Fiktion,
seine Augen sind trübe Krallen,
die durchdringen und zurückführen in dumpfem Zerfall,
der metallene Kälte besitzt,
schwer wie ein Totenkopf aus Salz.

Diese silhouettenhafte Erscheinung
zuckt zwischen Licht und Schatten,
drängt alles zur Seite mit dem Blick ihrer blassen Augen,
die fast entfärbt ihn suchen,
ihn entstellen in zitterndem Glanz,
der erschrocken zu Eis wird.

Die Hände, geschaffen aus dunkler Wut,
dehnen sich ausgestreckt nach ihm,
verkrampft wie böse Wogen,
mit bleiernen Fingern wühlend in der Luft,
zischend wie ein gelähmter Turm;
blind treibt der Wind dahin
und hinterlässt schwarzes Hallen auf dem Körper,
der im Tale seiner kleinen Seele nur stöhnt und weint.

Der lange, lange, harte Blick

Die Einsamkeit berührt ihn mit liebem Schweigen,
sie spricht nicht mit ihm, sondern
schaut zum Himmel empor in die unendliche Unruhe,
die zu ihm unaufhörlich leise flüstert,
gebadet in zartem und sanftem Grün
raschelt sie durch die blaue Stille,
besänftigt von feuchten Knabenaugen.

In dem endlos grünen Leuchten der Tau-Klänge
sitzt er wie ein Teil des großen Lichtes,
erstreckt mit seinen schwarzen Augen über die Worte,
die aus allen Buchstaben des gelesenen Buches strömen,
ringend mit leisem Wind,
der ihm den morgigen Tag gibt, gedämpft in seinen Tränen.

Die seltsame Stille hinterlässt schweres Hallen,
von zitternden Stößen sind sie
eingedrungen in seinen Körper, schwer wie schwarzer Stein,
seine Ängste überströmen ihn mit einer Flut von Schreckensblicken,
die trocken und vernarbt vom Hinterhalt
kommen, immer näher, ihre Schatten wechselnd.

Grelle Stimmen winden sich kreisend um den Niedergebrochenen,
dicht niedergebeugt mit der Kraft des Schmerzes,
steinern starrt das Gespenst, das ihn durchbohrt,
mit langen, langen fühllosen Blicken,
wirbelnd mit ihm bricht sein bleiches Gesicht,
reißt ihn zu Boden, durch die Zähne zischend,
voll Wut, zerkleinert ihn, den Knaben.

Erstes gelesenes Buch

Sanftes Murmeln des himmlischen Hermelins,
über die Buchstaben tropft ungesättigtes Saphir-Licht
und hinterlässt die unhörbaren Glocken des göttlichen Klangs,
der durch Berührung des zart gegliederten Lichtes
hell hallt und wandert über die Knabenstille,
die in der winzigen Ewigkeit seine feuchten Wangen kühlt.

Das Leuchten seiner Blicke glüht über die Buchstaben.
Bitter gleichen sie einem Leid,
sie regen sich gleichsam heimlich in seiner Seele,
lachen aus vollem Hals und lachen nicht,
bis sie einen Platz in seinen Gedanken finden
und sich verlieren in der Welt der Buchstaben-Reihen,
und hinterlassen ihm zärtlichste Treue
in seinem ruhevollen, unbewegten, lauschenden Schatten.

Die Hände der Stille stehen in ihrer unzerstörbaren Stille,
neugierig schauend wie seine Gedanken
steigen sie in die glühende Helligkeit hinein,
in die glühenden Buchstaben hinein,
und nach jedem Laut erstreckt gehen sie insgeheim
in die Pappelreihen und Weiden,
unendlich grün trommelnd verschwinden sie im Licht.

Verlassener Sturm der Buchstaben verfinstert die Antwort,
sie weicht der duftlosen Dämmerung von Anna Karenina,
und die Augen, die sie sehen in der Flucht ihrer Arme,
aufgerissen durch kläglichen Stahl, über sich selbst hinwegsteigend
zwischen Stahl und Stahl und zerfetztem Fleisch
und in sein kleines Herz,
sich immer mehr begrabend, in die Substanz des Buches hinein,
in purpurnem Grün mit großen Blicken vollkommen vergessen.

Der Schatten der schwarzen Hand

Die offene Hand erscheint vor seinem Mund,
befragt von einer Frage, ohne Frage,
in dem Augenblick als geschwollene Furcht,
ging mit Hoffnungslosen aus seinem Haus hinaus,
mit ihm zu weinen.
Sie kam von überall her als durchgebrochener Nachhall,
in Weiß und Blau sein raues Dröhnen zu verteilen.

Sie liegt da, die Hand voller Monologe, die Wunden wurden,
als alle Narben zu Fenstern eilten,
wie seine Angst,
ahnend seine schwachen Kräfte.
Aus einer Entfernung, die auf seinen eigenen Körper blickt,
fühlt sie ihn und spürt ihn, von Weh ergriffen,
auch bei seinem Schlaf mit offenen Augen.

Sie gleitet dahin als eisig mächtiger Schlag
und kennt ihre bestimmte Richtung,
scheint sich schleppend zu bewegen,
ausgestoßen aus stummem Befehl;
sie schaut nach unten, niemals nach oben,
als sein gesenkter Kopf und die Augen
versinken in die Risse seines Weinens.

Sie kommt von überall her,
und ihr dichtes Schweigen ist manchmal
wie ein schwarzer Tunnel, am Ende auseinander getrennt,
befleckt mit Blut durchrinnt es sein Gesicht
mit schwarzen Blitzen,
die gehen nicht fort von dem Knaben,
der da steif steht, ohne zu wissen.

Er schaut in die Weite

Vielleicht, vielleicht wird zu ihm kommen
die sturmtreibende Weite,
vielleicht wird sie zu ihm reden von dunklen Menschenwesen,
für immer,
vielleicht wird sie, fließend und zart, ihm alles versprechen,
ohne ihre Blicke vor ihm zu verschließen.
Nun aber, etwas ist da, sie ist gekommen, die Weite,
sie schaut und zittert in der Knabenvision,
leichthin streichelt sie ihn,
leise kreist sie im Tal seines leichten Schweigens.

Sein weiches Schweigen seiner Blicke trommelt maßlos
in der schwellenden Flut der Weite,
sie sinkt nieder, wechselt alle Blicke seiner Augen,
die in innerster Mitte seiner Abwesenheit,Stück für Stückchen,
eng, immer enger, umnetzen seine stille Knabenseele.

Glanzhart krümmt sich die weite Weite
und schleicht sich an seinen Leib,
der sich ihr verweigert, ihn verweigert,
verweigert sein verschwiegenes Schweigen
und ihn in die Tiefe hinablässt,
da, wo die Stummzeit alles abweist,
übergeben dem Lächeln des unsagbaren Azurs.

Plötzlich regt sich alles auf,
das aufrauschende Geheimnis der Nähe
und die Azurtürme der Weite,
fröstelnd bei einer gesprochenen Rede,
und die Monologe seiner Augen, fröstelnd
finden dort ein Drohen, das über allen Luftgipfeln singt,
ach, es besingt Entfernung seiner Blicke,
sie sind in seinem eigenen Schatten in der hellsten Helle,
sie strahlen Liebe und Wärme und Wärme aus,
groß und hell in der Mündung seines kleinen Herzens
erhellen sie sich noch mehr.

Die Härte des Vaters

Immerwährende Stimmen vielstimmig
aus eisenhaltigen Augen hindurchblicken,
gekoppelt an unverrückbare Wut steigen sie zischend an
als verformter Mund, der brennt im Dunkel seines Herzens.
Aus ihnen herausgesprungene Hände
treiben raumlos Verkrampfung seiner Triebe
um den Verwirrten, der versteift wie seine zerquetschten Augen
in großer Leere, wie sein matter Mund,
auf unberührter Erde zittert.
Das Pochen im kleinen Leib spürt schon
sein Stöhnen von überirdischer Breite.

Fern abwesend in jenen Stunden der Verlassenheit
bebt er bedeckt unter riesengroßen Händen,
die aus blindem Kreis wachsen, immer wachsen,
ihn festbinden an einen maßlosen Krampf,
der gewaltig ausbricht und alles mit eisenhaften Blicken
seiner verzerrten Augen umringt.

Bleich und stumm festgeknotet in Krallen,
aus deren Mitte sein Schmerz, sein ganzer Schmerz,
aus der Brust ausbricht,
ausgerissen stumm und flach,
über die Rücken geschleppt mit der Eiskälte,
mit grauen Worten geschimpft;
aufgerichtet aus Stein und Stein, er
glänzt, er befriedigt sein gesichtsloses Gesicht.

Viele verschwiegene Dinge binden ihn
in die Stimme seines unendlichen Blickes,
er gleicht dem sich krümmenden Staubkorn des Lichtes,
ausgeliefert der bösen und kalten fluchtbeladenen Kindheit.

Die Gasse

Von der Wärme und Geborgenheit völlig verdrängt,
flehend seines Blickes Drang in zwei gespalten,
sucht er alle Augen;
sie gleiten erkaltet an ihm vorüber,
und keines hält den Jungen zurück.
Vielleicht werden sie, im Namen seines Selbst
zu Boden gedrückt,
vom Licht der blauen Gasse bebend empfangen.

Seine Kräfte und Augen, abgetrennt von Gassenschatten,
aufgelöst von gleichgültigem Licht,
schreiten weiter mit ihm, wo er keinen kennt,
er weiß nicht, auf wen soll er warten;
und doch bleibt er stehen, als wollte er niemanden sehen
von denen, die er erblickt und an deren Türen er pocht;
er sieht sie sich trotzdem nicht an.

Sein Knabengesicht, von so viel Schweigen
verstümmelt in der Einsamkeit;
entkräftet geht er, weinend, vor sich hin
und folgt den anderen allein, die in ihr Heim zurückkehren.
Er schreitet ihnen aufgerichtet entgegen
und bleibt erhoben doch zurück.

Er führt sich von Gasse zu Gasse
wie die anderen, die auf der Erde gehen,
und in finsterer Weite untereinander sprechen,
und mit anderen an Ährenfeldern staunen:
in ihren modrigen Wogen ist sein unterdrücktes Schweigen.

Husten

Der gekrümmte Husten kommt zurück zu dem Leib im Dunkel,
der zugedeckt von eisigem Weiß auf dem Gesicht
liegt wie frommes, verblichenes Licht;
es dehnt sich aus und atmet nicht.
Dort im dunklen Zimmer, gekettet an seinen langen Husten,
völlig krumm, starrt er durch die Zeit,
und die Erde hört ihn nicht.

Unten, unten, unten herum der böse Blick,
orangengrau war er, blau war er wie sein erloschener Hauch;
sein Äußeres wie sein Inneres ist allein
auf dem Bett gekreuzigt,
und in der nächtlichen Milde seine Last
als dunkle Steine aus seiner Lunge herausbricht
zu ihm und weint vor Hass.

Sein Bewusstsein, vertrieben in ewiges Mitleid,
schwer wie Dämmerung seine Spuren verfolgt,
zusammen mit seinen zwei verleumdeten, milden Augen,
die die Zeit schauen und seine Trennung,
die erdhafte Trümmerstücke trägt,
gefesselt an seinen Blick.

Er was legt die Arme auf ihn, ihn in Ruhe zu schließen,
es sind ein Paar Augen, von Augen zu Augen verfolgt,
sie spüren seinen Schweiß und seine Schmerzen,
geknotet in weiße Farben,
von neuen Farben überzogen,
die ihn nicht sehen und sehen ihn nicht.

Der Morgen und der Schatten

Er stand auf, abwesend und schon fern.
Von hier aus Dünste von Tau
wie entfesselte Wellen der blauen Luft
rennen der Sonne nach,
ganz vergangen von seinen Blicken,
in die Länge gezogen von seinem Mund,
spürt er unten, unten, ganz unten herben und weichen Morgenduft,
zusammengeschrumpft in seiner Brust.

Nicht ein, nicht aus aus seiner Trostlosigkeit,
ihm scheint alles, als suche sie sich zu entfernen,
und legt sie nieder augenlos, wieder in sein Herz hinein,
wo er wohnt und wartet, wenn seine Augen verschwinden.
Dann und wann ziehen sie sich in seinen großen Ruf,
der ihn zurückließ mit seinem verschwiegenen Mund.

Wie ein Schatten, der rückwärts blickt,
schreitet er rückwärts und trennt sich von anderen ab;
er läuft ständig hinter ihm her als dunkelhäutige Statue,
und ihr Schrei kommt ihm entgegen,
er scheint wie schauderhaftes Gewissen,
ganz verfangen von seinem erschrockenen Blick,
sinkt zur Seite und fällt nach unten,
und immer wirkt seine verlorene Regungslosigkeit.

Der Schatten stets ihm lauscht,
und an seines Körpers Gliedern zieht er vorbei,
und der Junge fühlt nichts als brennende Angst,
sie wartet auf ihn irgendwann, oder immer,
sie kommt aus allen Winkeln als Schreckenswelle
herangekrochen, um ihn zu quälen.

Schmetterlinge

Herbsüß ist das Ufer des Horizontes,
nur Oden, den Schmetterlingen gewidmet;
dort, wo niemand ihnen folgt,
fliegen sie immer mit entfalteten Herzen,
und seine Augen fliegen ihnen nach und nach
und suchen Lücken, eine Durchgangsstelle und lächeln
in der dunkelsten und tiefsten Helle des geduldigen Himmels.

Umwunden rings herum von sich selbst,
wo keiner mehr fragt nach irgendetwas,
auch nicht nach ihm;
vielleicht rinnt sein Suchen durchbrochen
aus dem großen Schweigen seines Schweigens,
verleugnet und verhöhnt,
steigt und sinkt in den ewigen Jammer hinein,
nach und nach erbleichend.

Er fragt sie alle, die Angesprochenen,
er fragt sie alle, die Nichtangesprochenen, und sie schweigen,
und die Antwort bleibt zurück voll Schauen
in einem gebannten Blick seiner Blicke,
er schweigt und geht nicht fort,
in seinen irren Rufen beginnt er zu trauern,
ohne dass jemand ihm zuhört.

Der Rest seiner Kindheit ist verschwiegen,
als wäre sie aus verfluchten Geistern,
die beisammen in einer augenblicklichen Unruhe,
um schlimmsten Schreck gedrängt,
ihn als Schatten der Gewalt immer wieder zerstören.

Er geht, er geht, er geht mit seinen Augen davon,
er geht, er geht mit seinen Erinnerungen davon,
und sie kehren wieder,
und plötzlich immer wieder, prüfend
ganz verblasst, rückwärts auf ihn blickend.

Des Jungen Tage

EinVogel rast zornig dahin
und windet sich um die Tränen des Jungen;
giftig prüft er die knorrigen Äste
und belauert das Licht, das ihn ansprechen möchte,
ohne dass jemand davon weiß,
es will wissen vom weiten Schweigen des Jungen ohne Gesicht.

Sein Herz ist des Eichenwaldes Hallen,
in denen kann der Junge nicht schweigen,
ihm hört nichts zu,
nur das sanft brennende Grün;
vorsichtig öffnet es sich und verschließt seine Augen
voll Schmerzen und Wunden und Tränen.

Gefangen in seinem Zittern möchte er
dem Vogel und allem noch mehrere Fragen stellen,
aber seine Augen schauen und schauen,
dann spricht er sich nach danach,
wenn ihm seine Worte versagen,
und sein Lächeln lässt ihn in dichtem Hinterhalt verweilen,
in dem großen Schatten,
weit vom allem, weit von allen.

Ein Vogel fliegt hin und ein anderer,
allein geraten hierhin und dorthin,
und bleibt bald dort stehen,
geht wieder und kommt wieder
als dem Jungen alles aus der Vergangenheit entgegenkommt
wie niemals je zuvor erkennend in ihm,
erkennt sie in ihm,
er weiß nicht, weshalb, ein verachtetes Ding.

Blicke des schwarzen Bösen

Stumm erhoben seine schwarzen Blicke,
schrill eröffnend das Atmen des Kindes,
sie verschließen ihn so einsam und gemieden
in das steile und steinige Schweigen,
in ein kaltes, fernes Schweigen.

Sie funkeln so hell und dann schwarz,
die beiden Basalt-Augen,
die wie erderstickter Mund, zusammengepresst
sich senken in dem Erschrecken,
das mit der gebrochenen Stimme eines Klagezitterns
bald laut, bald leise in bleierner Dichte der Tränen
zu weinen beginnt.

Fest verankert in ihrem groben Augengewebe
wirken sie von innen wie eine schwarze Maske von Furcht,
die aus dem Boden der Augen hinaustrat
zum stummen Menschen in stählernen Farben;
gewaltig eingekrallt in das undurchdringlich Böse
rast, sich zierend, das verlorene Herz
in einer unbegreiflichen Nacht.

In der ganzen Erstreckung der entblößten Gestalt
einer ganz endlosen Trauer und Angst fühlt er,
ohne dass die Tränen seine Wange netzen,
sie hier und dort als kalte Kränze brennen
und ihm über seine Stirn streichen;
etwas wie Verzweiflung durchbricht die Glut und den Frost
und umhüllt den Jungen im Dunkel seines Zitterns.

Er geht nach Hause

Das Dunkel im Zorn rast und treibt
die Augen, von Weh ergriffen,
ewig und ruhelos spüren sie sich selbst,
erst, wenn er sich früher oder später vereint haben wird
mit erloschener Kindheit;
so erschöpft welkt sie in den Trieben,
fröstelnd vor zornbrennender Grausamkeit.

Erhoben aus der Hand der Hiebe
peitscht seine Stille ihn, geschmückt mit allen Tränen,
die als verblichene Erscheinung den wölfischen Wahn
verschrumpft im Trost, im Trost getrieben,
und in Gewalt die Ruhe fand, ohne es zu wissen.

Die Wälder von Blumen streifen ihn
und steigen aus allen seinen kühlen Stunden
in seine Verlassenheit ein.
Sie gehen mit ihm in der grausamen Helle
und gehen hierher und daher und steigen hinauf
und bleiben stehen mitten in der Bewegung
vor seinem Heim.
Er starrt und will nicht, er kann nicht hinein.

Die satte Fülle von Überfluss
geht als einzige dem Vergangenen entgegen,
tief verschüttet in seinem Herzen, das ihn erblickt,
verschollen als winziges Feuer
in den Überschwemmungsfluten der Falten, die ihm lauschen
und dem regungslosen Licht;
alles schwindet und wächst,
prallt gegen die Tür,
die er nicht einmal aufmachen will.

Weit, weit fort von hier

Der rasende Zorn in der Luft dringt aus dem kühlen Herzen,
dringt aus der blinden Kälte zur Furcht,
genagelt an die dichte Erde.
Im samtenen Schatten, weit vom Tränenort,
blickt er schwer wie Obsidian auf seine blutblauen Striemen,
geschwollen getragen von allen Gänseblümchen
in solchen Schmerzen.

Niedergestürzt, verstoßen und verdammt war sein Zorn,
er hallt wider in nie begreifbarem Menschengeist,
geschwollen dringt er durch alle Fenster hinaus,
und in Fasern des Schicksals,
da, wo die weiche Stille mit abgebrochenen Worten
mit ihm sprach, noch immer spricht
mit verlorener Zunge,
zornig schreit er und allein bleibt er auf der Wiese.

Da dringen die hellen Stimmen der Gänseblümchen zu ihm
und schmücken ihn in weitgehender Einsamkeit,
wo er wie ein verlassener Strom
in seinem Selbstgespräch laut erschallt,
nachdem so winzig die blaue Luft durch ihn hindurch sah,
wie er sich vor Angst in seinem Versteck ringelt,
im Schatten, dessen Dunkelviolett niemals ruht.

Ein Schwamm von Sternen eines dunklen Lichtes
erhebt sich bald dorthin
und wird aufwärts getragen in die dunklen Wünsche,
steigt mit dem Grünen auf
und entfärbt sein Gesicht,
das weit, weit vergessen nur fortgehen will,
weg von hier in die Erde,
in ihre tiefe, metallische Stille hinein.

Aus tiefem Abend in die Nacht

Die Kristalle des feurigen Rubins wachsen zur Pracht,
geschmolzen zur Glut, nach und nach sprießt das Blau,
entrückt aus der Ferne, aus der Endlosigkeit,
warm und warm entfaltet sich der Abend,
zerflossen im Gesang von heiligem Blau.

In Krämpfen zwischen Mund und Mund
beraubt von seligen Sinnen im einzigen Augenblick
ziehen seine langen Blicke,
hoch ragen sie rosig oben empor,
fliegen für immer vorbei in farbigem Gleichklang,
lautlos zerlegt in weitestes Abenddunkelblau.

Wie die überirdische Welt, die hier und dort
seine endlosen Blicke seiner Sehnsucht kühlt,
gebeugt vor dem Nachtschatten, der so lieblich
mit gewendeter Hand ihn
in einer letzten Woge der dunkelblauen Luft verfolgt,
geheftet an die Erde,
mit seinen schweren und bleichen Augen,
in denen vollkommener Nachtglanz zerfließt.

Die Nachtstrahlen fließen endlos
rund um ihn her, um den Garten,
und mit ihm hinüber, mit seinen kleinen Augen,
nachgehend den grimmigen Menschenstimmen,
die später oder viel später zu ihm kommen
und ihm etwas zuleiten;
sie eilen mit ihm durch das Dunkel des blendenden Dunkels,
in die tönende Stille des reinen Nachtlichtes hinein,
von ihm seltsam geschmückt und eingehüllt vergisst er alles,
zugedeckt mit seinen geschlossenen Augen.

Die schweren Hiebe stöhnen

Die listigen Blicke, kühl wie ein Tunnel,
kalt wie Todeshauch,
ziehen sich hinaus, hin zu dem Knaben,
der schweigend nichts mehr weiß als weinen,
unter den Flügeln der Blicke, die
wie schwarze Glut seine schweren und bleichen Augen
an das Zittern heften vor Angst.

Versunken in die Erde fällt sein Widerstand
auf einen kühlen Schatten, der wie eine abgerissene Maske wirkt,
vollgeschmückt mit geheimem Feuer im Gebet,
als die rauen Hände Schritt für Schritt ihn umringen;
das Zittern des schwachen Kindes.

Das böse Rascheln durch die Luft läuft
mit zusammengeballten Händen
und entlädt sich in einer Woge auf seinem Körper,
gefühllos schlagen sie rasch und kalt über den Ermüdeten,
dessen Ziel ist Weinen und Weinen vor einem Hass,
der aus dem Herzen erstarrt.

Unerbittlich und gnadenlos beklagen sie,
schlagen, und nichts regt sich in den Augen des Jungen,
nur das unendliche Meergesicht einer Eislawine,
die ihn birgt, und er bleibt gelassen stehen
in einer Bewegung ohne Bewegung,
steif eingewölbt von seinem ganzen Wesen,
vom Zorn der Hiebe gefesselt.

Sokins Haus

Dort in verzaubertem Grün des Wäldchens steht ein Haus,
Sokins Haus, gebadet in Goldschatten und Tau.
Alle Klänge tönen und folgen ihm, folgen seinen Schatten,
sie nähern sich seiner Bedrückung vor Sokins Haus.
Stimmen der düsteren Blicke dehnen sich im Winde,
wogend sein Atem, mit niedergeschlagenen Augen,
um sich da zwischen den Ähren als Erdenwogen zu verlieren.

Die umherschweifende Heiligkeit berührte den Jungen,
und sie enthüllte ihr verheißendes Ach,
zurückschauend zu ihm verlor sich sein Gesicht,
gegürtet in saphirner Transparenz seines Herzens,
und alles, was er mit sich trug,
und alles, was er nicht mit sich trug,
vergrub sich in seine eigenen Hände.

Der Tag, die Tage, alle Tage schmeicheln ihm
und drohen und trösten ihn
mit unaussprechlichem Mund, empört von Narben,
die in allen Farben brennen auf seinem Körper,
sie wälzen seine kleine Seele,
und die Wunden weisen ihm in alle Richtungen nur die Leere,
in der sich Menschengestalten schleppen,
hin und her.

Furchtbare Angst verstreut, verkohlt den Ort seines Hauses
verwandelt ihn in unsichtbaren Schrecken,
der ihn quält, und sein Kommen
in immer gleichem Gewand aus Ästen,
aus Wurzeln und Gras und Wiesen,
als Stumpf von weither sich verwandelnd in gewaltige Hand,
vertrieben aus seinem Herzen.

Zitterndes Flüstern

Elende Namen der Vernunft, gestapelt auf verrottetem Urböse,
schrumpfen zum bunten sumpfigen Leuchten,
ohne die ganze Weite der Welt zu zerstören.
Ihre blutigen Hände der zertretenen Herzen,
getaucht in die beleuchtende Nacht
überqueren im Rausch die schmutzigen Feste,
die nicht vergehen wollen,
drängen aneinander
und mit verbrannten Mündern schweigen alle zusammen
im Dunst der Jahrhunderte.

Als der Säugling damals in Windeln aus Finsternis im Bett lag,
wo ihn von Hass verlassene Augen erwürgen wollten,
immer gesehen von einer, die steif dort unten stand,
und begann, in der zitternden Luft der Erde zu singen,
von groben Schmerzen ihres Kindes.

Fest geheftet mit blassgrauen Händchen an sein Bett,
ohne Wärme durchnässte es die letzten Fetzen,
ohne Geborgenheit lag es als matter Schein
niedergesenkt,
und alles war ruhig im Namen des Gottes,
an Leinen gefesselt in dunklem Zimmer ohne Fenster.

Der kleine Leib ertrinkt in den großen Händen,
sinkt in seine Augen, die jeden Ort berührten
und starren in die Wand, in die Wand, in die Wände,
und die Wand starrt zurück und hinunter,
gekleidet in finstere Stille;
sein Mund wird zu blasser Stille,
mit anderer Stille wechselnd bedeckt in tausenden Stimmen,
sie fühlen sein Schweigen,
blickend aus seinem Schrei der geschlossenen Weite.

Angstvolle Nacht

Gestern weinte er, schweigend und verschlossen.
Auf ihn warteten die schwarzen Augen,
die aber blicken durch die schwarze Nacht,
sie sind wie eisenharte Krallen,
schlängeln sich eiskalt und dringen furchtbar
in ihn hinein,
lächelnd dem Jungen,
der sich heimlich formte in eine bleiche Maske.

Sie warten auf nichts, die schwarzen Augen,
blicken nur mit dem Schwarz durch die schwarze Nacht
und ertasten seine Tränen, die gestern weinten;
ihn verdammen wollen sie,
ihn ausfindig machen unter dem Mond,
der sich strahlend erhebt vom Schrecken
in der angstvollen Nacht.

Wilde Grillen miteinander schreien,
hier und hier, hin und her, wollen das Böse
ans Kreuz schlagen,
als die Augen fortgingen aus der Nähe des Jungen;
sie sind wie verdunkelte Geisterzweige,
die ihn vergeblich verändern wollen,
ineinander geschlungen um sein Gesicht,
auspressend seine Tränen.

Mächtige Arme, hochragend, breit,
voll Wut ausschüttelnd das Böse,
selbst Schrecken erregend vom eigenen Zorn
und der Furcht des Jungen;
wie Schwefel wachsen sie in der Luft,
ruhen in ihrem Wuchs, wartend mit aufgerissenen Augen,
geräumig fluchend aus der Gewissheit des Wahns,
immer stimmlos jeden Tag,
immer mundlos jede Nacht, entfesselt,
senken sie sich in die angstvolle Nacht.

Die Hände seines Selbst

Gekrümmt glotzen seine Blicke auf ihn selbst von nirgendwo,
sie sind von ihren Höhen entgipfelt,
sie gehen und verschwinden und tauchen wieder unmerklich
als treibende Hände auf,
hinter und über ihn wandern sie, ohne dass er es weiß,
gespensterhaft sehnen sie sich nicht nach jenen, sondern nach ihm,
ihn in seinem Selbst zu streicheln und auszureißen aus seiner Heimat
mit einer Gewalt, die von innen aufstöhnt,
und er wusste nicht, ihr zu entweichen.

Sie kommen von weit her, die Hände als allerfernste Kälte,
sie tragen andere Hände, herausgestreckt nach dem Armen,
und hinter ihm tasten sie seine Erinnerungen an,
sie steigen und sinken mit ihm, immer verschwiegen,
in einer anderen Breite seiner stimmlosen Gefühle,
die längst schon aus derselben Hälfte seines Herzens
Traurigkeit schöpfen
und ihn nie, nie in der anderen Hälfte in Ruhe lassen,
tief in seinen Schmerzen versiegelt.

Auf dem schattigen Weg, der ihm lauscht, begleiten sie ihn,
fast durchsichtig, winden sich um ihn,
ihn in der Langsamkeit seines eigenen Seins zu verformen,
so dass er in allen Augenblicken seiner Stundenlast
sein Antlitz niederweint,
von seiner Seele herrschend auseinander gehalten.

Gemarterte Schmerzen sprechen blind mit ihm, Morgen um Morgen,
und mit flüsterndem Laub und Gott allein;
sie sind blutgehärtete Hände aus lautlosen Fingern,
hineingekrallt in die Narben seiner versunkenen Stille,
und da im Innern gehäuft zu Fäusten
wirken sie als eisige Gewalt, ruhende Kraft, eine von seinem Schrei.

Schläge

Da biegt sich das Gelächter in gleichen Schritten wie gestern,
mit gleichen wiederholten Fragen, mit entsetzten Schreien,
mit eiskalten Fragen belagert er den zitternden Knaben
und hält ihn dort in Schmerz und Tränen kalt gefangen.

Aus ihm, aus seinen Lippen, strömen schon betende Hände,
immer vollere, flehende Hände,
beladen mit unverrückbarer Angst in riesigen Händen.
Etwas weint um sich, weint um ihn, weint umher,
bis seine Tränen werden tränenkalt in den weichen Augen.

Über dem Leib in der Luft wild rumpelt
der böse Zorn der ausgestreckten Hände,
dumpf und schwer werfen sie ihn nieder.
Er taumelt durch sich hindurch,
schwillt plötzlich zum Armlosen,
von ächzendem Mund verkrampft.

Besessenes Starren wirft ihn umher,
den todweißen Jungen,
langgezogenes Versinken verschwindet in das schwarze Licht,
als drohende Blitze gespenstisch herausreißen seine Blicke,
geworfen in die wutverhüllte Stimme der steindunklen Augen;
sie überlassen ihn dem mächtigen Wind,
verflochten mit seinen liegenden Augen.

Turm der dumpfen Schmerzen, sie schmerzen nicht mehr,
wie eine taube Kuppel von wanderndem Weh
kreisen seine Knabenaugen grauschreiend;
sie liegen mit ihm auf dem blanken Boden,
gemeinsam gestillt von verlassener Einsamkeit.

Die Angst des Knaben

Er zieht sich zusammen vor der Kälte seines Hauses,
seine schreckliche Nähe verschweigt sich ihm immer
als hartschaliger und erdbegrabener Erdenton;
er dringt durch ihn hindurch und durch die Hauswände,
wo Wand in Wänden seine Verdammnis spricht,
anfangs als kleinstes Zittern einheitlich eingehüllt
in alle seine und alle gestrigen Schmerzen.

Das Stumme alles lauten Pochens umspannt ihn,
führt ihn starrsinnig an der Hand.
Seine fahlen Schritte hinterlassen in der Höhe weiße Klänge
sie sinken hin, von seinen ängstlichen Augen gelockt,
die überfern sind mit unerschlossenen Lippen
und jetzt, ganz nah bei ihm,
seinen Angstschweiß in offene Schmerzen hineintropfen.

Es bändigt ihn eine Gewalt von innen,
im Innengewebe lauscht sie
und zerbricht in gläsernes Erstarren;
da beginnt er hinter der vergangenen Zeit zu sprechen,
deutungslos aus dem schimmernden Gesetz einer Eiseskälte,
Pupillen verdunkelnd in dem kalkigen Blau,
und dort, zwischen Dunst und Klangweiß, versinkt er in Angst.

Seine Angst hat Augenhöllen aufgebrochen
aus den Stimmen des Getretenen,
sie schwimmen im Säurewind seines Selbst
und gleiten schweigend, ihn immer wieder aufzufangen
mit den unsichtbaren Händen, ausgerissen aus einem Zittern;
sie dehnen sich lang, sehr langarmig
nach den zerbrochenen Lippen,
und als fernes Stöhnen mächtig und immer anwesend
bedrohen sie die Wunden, die die Vaterhände gaben.

Im Eschenhain

Vielleicht waren es lauschende Körper der ehemaligen
Schmetterlinge,
die da hinabsanken, dort wo er las,
dann unmerklich und taub sich erhoben
in die blauen Kristalle,
ertönend über dem verblendeten Grün,
blickend in das Gesicht, versunken ins Buch,
von düsteren Buchstaben unsichtbar erstarrt.

Die duftenden Pflanzen schleichen sich ganz leise
um die wunderbare Stille, wo er liest;
weit weg von allen ist er
und auch von den Augen, die seine blutigen Wunden haben.
Von gestrigen Schlägen weitum wachsen im Übermaß
seine Schmerzen,
dort und dort und über alle Felder hinweg
ertönen sie aus jedem Grashalm, Tag für Tag, sein leises Ach.

Das Schattenkreuz, das immer die Augen verschlossen hat,
wächst aus der Mitte seines Buches empor,
schwer ist sein erdentiefes Gewicht,
es zieht seine Länge in die Höhe,
in die geheimen Unvergänglichkeitsspuren,
und immer wieder stürzt er in die verdinglichten Tränen.

Den Eschenhain und die hochgetürmten Äste
lässt er zurück und geht den schattigen Weg entlang,
der mit ihm redet, in Treue ihm folgt,
und seine Augen fliehen zum Abendhorizont,
der in seinem reinsten Feuer schon gewölbt
und ruhig verlöschend sich verfärbt.

Er fragt, dann fragt er nicht, wer er ist,
er spricht zu ihm, irgendetwas sagt er zu ihm,
etwas, was schweigt und sein leises Rufen verschweigt,
überzogen vom Abendlicht.

Schweigend und verängstigt beugt er sich,
empfangen vom Lampenlicht,
ganz still von seiner Lichtstimme geschmückt.

Die Muse

Alles Leuchten aller seiner schwarzen Augen,
halb geschlossen wechseln sie zu einer Flamme,
voll Hass und Angst gehen sie mit ihm zu seinem Versteck,
wo der blaue Schatten unter der Sonne träumt.
Rings um ihn ragen Hände, Vaters Hände,
und eine Hand, die droht zwischen Gras und Gras
und seinem Schweigen.

Seine aufgerissenen Augen blicken und schauen,
wie schattenloses Echo tief herabgesunken,
tief wie ein erkalteter Strom in die laute Leere seines Selbst,
und aus innerstem Schweigen, golden und zart,
durchdringen das glühende Laub
und den Himmel,
wo sich stille Weite zwischen Stille ausdehnt.

Er blickt sich mit seinen Augen an, die niemanden locken,
ausbreitend nirgendwo ihren schwarzen Glanz.
Er ist ein dumpfes Hallen seiner selbst,
das rein widerklingt;
erhoben zum Licht hört er den opalen Wind.
In seinem Schweigen fragt er sich,
wohin der Himmel und die Wolken gehen.
Wo segeln sie von überall hin?

Und dann öffnet er sich vor dem klingenden Schweigen,
schaut zur grünen Erde und schreibt,
lauscht und brennt mit dem seltsamen Grün,
und schreibt sonderbar wechselnd im Schein seiner Buchstaben,
öffnet sich, dämmerig und schattig dem Licht,
das ihm gehört und nicht allen.

Und die Wirklichkeit bleibt mit dem Jungen, der weint
und schaut und schaut seltsam,
und alles schaut hinter ihm her
und brennt mit ihm im verschlossenen Garten

seiner Gedanken.
Zuweilen fragen die Abendblumen,
seine Nähe suchend,
ob der Knabe noch immer dort sitzt und liest und liest.

In seinem langen, langen Blick

Tonlose Trompeten des Morgens tönen dem Knaben in der Stille,
lau, wie die Luft so blau und blau,
und auf einmal silbern das Hallen des Taues,
vor sich hingetrieben am Ufer des Horizontes,
er dringt in duftgesprengtes Wesen seines Wesens,
überflutet das Licht, getaucht in seine Knabenaugen;
getrieben in die Arme des eigenen Selbst
werden sie durch sein Flüstern zu einem Raum
mit dem Bündnis der warmen Erde, in Buchstaben vereint.

Er bleicht mit dem Vergissmeinnichtpulsschlag,
aufgerührt vom Strahl des beseelten Leuchtens,
weit und hell, und Gesang wird zur Helle,
der zu den gigantischen Gänseblümchen dringt,
taucht seine Hände in das geheimnisvolle Gelb,
ausgedörrt mit Gold und Weiß,
angstüberströmt das Flüstern seiner Tränen.

Herrisch wie Stein, vom Schweigen umringt,
verschlungen in seinem langen Blick;
er strömt, er summt ruhig mit den wiegenden Bäumen
und hält sie mit den Händen des entschwerten Augenblicks;
zerrt sich von Gras zu Gras,
und sinkt dann hinab in die Buchstaben, tief, noch tiefer,
singend dem Schmerz in der Bucht seiner Tränen.

Die Spuren der gelben Blüten lassen hinunter aufeinander
gepresstes Weiß, und nehmen seinen heiligen Platz ein;
den gefolterten Gefühlen vertraut,
rücken sie ferner, sie, die in ihm sind
als dauerndes Flüstern, übervoll von scharlachroter Stille,
entzündend den lila Duft fließen sie mit seinen Blicken,
mit den Augen eines Kindes, zum Erdinneren.

Die Nacht schläft auf dem Herzen der Erde

Empfangen von dunkelblauem Geläut,
das auf ihn wartete in der fernen Höhe,
von der die reinste Musik der Stille
die wandernden Blumen weckt;
und die Sterne, die froh wie die anderen
versammelt um den Turm der Heimes Kälte,
rasten und schallten mit eisenharten Augen,
die als böse Wellen dauernd kamen,
immer wieder verstoßen vom Gespräch im Knabenschweigen.

Er hörte die Stille auf allen Klagebäumen der Wiesen,
wo seine Augen wie düstere Engel ruhten,
ruhten eines beim anderen,
und hörten dem glitzernden Nachtstrahl zu,
der unter dem dunklen Rauschen
geheim verteilte der zitternden Erde das Ach,
es wusste nicht zu entweichen,
verdämmernd als Angst aus seiner reglosen Schattengestalt.

Verschmolzen mit der warmen Erde
sprach er durch sein verborgenes Schweigen von
den unbarmherzigen Geheimnissen des Lebens;
es trug seinen erdhaft entkörperten Leib
mit gebundenen Blicken der dunklen Transparenz,
ahnungslos gestillt vom unterirdischen Licht.

Das weite kleine Herz
zog zu den dröhnenden Hügeln der Erde,
und auf goldener Hemisphäre
bekam es einen Geschmack der Kraft,
die ihn vorwärts trieb,
während die Nächte in sich hinein erzählten
von gebrochenem Licht, und von allen Nächten ohne Schlaf.

Weggelaufen

In der blauen Dunkelheit rast sein Herz,
ausgebrochen aus Weinen und Verzweiflung,
jagt diesen tiefen Hass,
elend in süßen Geruch gekleidet,
dann rennt es davon und wartet nicht mehr,
wieder und wieder sich selbst spürend,
rennt mit endlosem Rücken
und hinterlässt sein Haus.
Sanft und leise spricht er für jetzt und für immer:
Ich komme nie, nie mehr.

Die Tage sind voll von nassen Augen,
die hinauf in die Sonne blicken,
ruhevoll und still schleichen sie sich hin
wie seine schwache und plumpe Angst,
sie beschließt gewaltiger als je zuvor,
mit grausamem Bedauern zu ihm zu reden:
Vertrau nur deinem Blick.
Er ist ein Gemisch von Ekel erregendem Traum,
verspürt vom immer gleichen Platz.

Seine nackte Last rast wie aus Augenlidern gerissen,
von Luft erfüllt in herniederhallendes Licht,
es erhellt laute Spuren seiner Freude,
die vorübergehend schwankt und immer wieder
über seinem Weg hinterher verstreut böse und kalte Blicke.

Die Helle klingt rätselhaft laut, wie gelähmt,
gekettet an die Weite stillt sie seine Schritte
und lautlose, einsame Blumen voller Geheimnis;
sie halten ihn auf mit tausenden Stimmen des Windes,
der ihn weiter, weit, weit trägt,
weit, weit in die Hände der Welt.

Heute ist er fern, sehr fern von seinem fernen Heim,
und wenn sich der Abend der einsamen Feldblumen neigt,

klagender Trost im Gewand seines Glücks,
ruft es ihn immer wieder brockenweise
in einer verborgenen Sprache seiner Erinnerungen,
bewahrt für immer in immer gleicher Nacht.

Im Säulengang

Das ahnungslose kleine Herz sitzt unaufhörlich
still wie düstere Krümmung, die
von Ferne zu ihm herüberdringt,
entronnen der Leere, die erkaltet von heiserer
Stimme zu ihm fließt, kühl eindringt,
fühlbar weckt eine Welle von Angst.

Die Angst hat aufgerissene Augen,
bleihaft lauscht sie seinem steinhaften Gewicht;
sie sitzt im Magen, schwer wie wiederkehrender Raum,
voll von abwesendem Gram, genarbt von lauter, rauer Leere,
die aus inneren Augen klafft und nicht hier vorübergeht,
bis sie unaufhörlich durch alles Schweigen fällt.

Ein Vogel schwebt hin zum Licht,
und fern versinkt er in die Wiege eines leichten Hauches,
wie feierlich schaut er zu ihm auf unzählige Male.
Er fragt sich, wo geht er hin,
und die Menschen und die Erde;
sie wandern bei seinem Schauen,
und spurlos in die Weite ziehen sie,
in die Proportion des überirdischen Maßes.

Sitzend in dem Säulengang
schaut er zu den Blumen im Garten,
die im Gedränge ihn kennen,
ihm herniederlauschen.
Aus der aufgebrauchten Weite,
als Wellen von Licht und Licht,
schrecklich schaukeln sie einen Tanz,
der durch seine Seele geht und mit ihm
in die Undurchdringlichkeit verschwindet.

Wenn die Gänseblümchen sprechen

In geöffneten Armen eines gramgebeugten Schattens
sitzt der Knabe entkräftet, blau vor Angst.
Seine kleine Seele in langem stürmischem Atem
schleicht vor Angst, umringt ihn, den Knaben,
der schweigend in heimlichem Weinen verborgen
die Tränen der Gänseblümchen verteilt,
sie über sanfter Erde verstreut und weint.

Das grüne Buschversteck hat eine Hand, die ihn als Schatten sucht,
ihn zart streichelt wie den Geruch des vorletzten Weinens,
gebannt durch die Transparenz der Gänseblümchen
sich geräuschlos auflöst in dunkelviolettem Licht-Klang.
Den Wohlgeruch aus unzähligen Duftschalen fühlt er um sich,
als auf einmal lodernder Erdenschrei
angstströmende Blicke des Knaben
über grünem Gras verschüttet
und den blauen Wirbel im roten Wind vereist.

Hier sind die Küsse des Knaben, kleine, dunkle und krumme,
nicht nah, nicht fern kriechen sie vor Angst,
von innen zugleich aufgesaugt in dem stillen Versteck,
sie glänzen und kriechen durch die Glut
der vertrockneten Augen,
die goldene Schmetterlinge schauen
und mit weißen – weinen.
Bald alle seine Blicke reden vor sich hin
und gehen weiter – allein, allein,
weit vom Heim der zerstörten Kindheit.

Der lange, lange Blick löscht die Erinnerungen
oder auch nicht,
mit leisem Knirschen redend immer redend mit sich selbst
trägt er sich verkrochen durch alle Täler der Welt,
verkrochen eilt er so sehr, läuft er so sehr,
vor sich hin weinend aus allen seinen Augen.

Verteilt in einem warmen Schatten
trägt er nur zwei trostlose Augen,
die kränzen seine Tränen um sich her
und lauschen dem tiefen dichten Pochen seiner Kindheit,
geworfen in den schweigenden Krug
seiner ausgedehnten Abwesenheit.

Wenn das Schweigen spricht

Was wird von ihm und dem Taumel
seines kleinen Herzens bleiben?
Die Zeit der Kindheit ist ein Schreck,
die kreischt mit grellen Stimmen des Vaters,
der stolz seine böse Lähmung verwandelte in Hiebe,
seltsam verschrumpft von Abscheu.
Dann wurde es still und immer stiller um ihn.

Erschrockene kleine schwarze Augen
hinterließen das schwarze Hallen seiner Pupillen,
heulend durch den weißen Nebel allein;
seltsam klar ging er in sich selbst hinein,
oder stand draußen vor sich selbst
und wollte herein, und immer ohne Wort, riss alles, alles an sich,
wie der, der aus der Erde verstoßen ist.
Dann wurde er still, reglos still, immer stiller um ihn.

Seine Stimme erschrak vor seiner Schweigsamkeit,
auch dort hinten, wo keiner ist,
da wollte er jemandem etwas sagen,
auch dem trüben Haus wollte er etwas sagen,
und dann begann er unhörbar zu sprechen
über seinem so langsam Schweigen,
gerufen von sich selbst, wo er allein ist, und wurde immer stiller.

Zwischen Licht und Schatten seine blassen Augen
nur zuckend schauen am gedrängten Weg,
der ihn sucht, der ihn zurückführt, der mit ihm dahinläuft;
und jeden Morgen, jeden Abend
taucht sein weinender Mund wieder auf,
in grausamen Farben entseelt, im Irrlicht der Kindheit fast zerfetzt,
verhüllt alle seine Blicke ineinander
und weint in völligem Schweigen.

Ein leeres Haus

Jetzt und für immer hat sich ein voller Blick
niedergelassen auf die Leere des Hauses,
der bald von Leere übergossen strömt in die leeren Zimmer,
deren Räume voll von lärmender Leere sind;
von zugeschlossenen Fenstern hingestoßen,
und dann aufgehalten von Wänden,
spenden die Hände vermoderten Staub.

Die blinde und einsame Leere,
wenn sich der Abend über dem Hause neigt,
liegt hingestreckt unter der Dämmerung der Kühle,
die immer wieder erscheint durch trauererfüllte Gänge,
und härtet seine langsame, kindliche Liebe,
seine verstummte Liebe; sie tönt in der Flut von rosigem Licht,
erneut von Morgenhelle bedeckt,
fließt umher in Gestalt eines verlorenen Lächelns.

Die Stille spricht metallisch kalt und kühl und kahl
über entschwundenem Wesen, das fern und nah
wächst zu schweifender Zärtlichkeit,
die sich der tiefen Wiege der Kindheit immer wieder einsam zukehrt,
und sich nicht mehr regt unter dem lastenden Schweigen;
es ist wie ein kalter Traum, der nach dem Sinn der Erinnerung fragt,
rührend das gestrige Schweigen, unheilbar bleich.

Bewahrte Erinnerungen in wandernder Leere
um die Kindheit heulen, betäubt von der Erde,
in immer gleicher Stille des Hauses,
ihr eisiges Wehklagen verspürend, wieder und wieder;
durch die nassen Augen dringen sie,
und in immer gleichem bitterem Gram kehren sie wieder,
heute und morgen, von hier und von überall her.

Jerko

Der Lebenshauch spürte dich und zog
mit irdischem Duft umher,
in die Mitte des Himmels starrend,
schwermütig und vergessen,
säuglingszart in die Tiefe sickernd,
wälzte sich still in deiner Stille
als sie etwas anrührte
und fiel mit dir
wie deine Hand
in dein strömendes Element.

Dein schwerer Leib
und deine aufgeweckten Augen,
verloren an den Straßenecken,
kehren schwach zurück heim.
Einst sind sie
auf eigenen Jugendspuren gewesen
ernährt mit dichtflüssiger Einsamkeit
und Brot deiner Einsamkeit.

Auf einmal leuchten und blitzen
zitternd die vergangenen Jahre,
enthüllen fatal den Zenit
deines Lebens
in schweigendem Azur
und bleiben fest erzürnt
in den dichtgedrängten Stunden,
dröhnend,
wie schwarze Funken,
verloren
in leicht erwärmtem Stern.

Dort bist du geboren,
hier siedeln deine Tränen,
so fühlend gleitet deine Stimme
in dein dichtes Herz,

voll Narben ist es
wie eine lebendige Statue ohne Lippen,
ausgedörrt im Licht,
Rest, der in ihm
nicht Wort,
nicht Schweigen war.

Die Tage gingen
durch den lieben Lebensschatten,
und blieben weinend zurück
mit deinen schweren Händen,
die deine Augen schließen,
verschmolzen mit der Zeit.
In der Fremde waren sie
nur ein Augenblick
des letzten verteilten Schmerzes.

Du gingst hinter deinen Tagen her
sprachlos, denn
du wolltest deine ausweglosen Kreise
verlassen, denn
sie sind wie blaue Luft da oben,
die beim Totenfeiern singen
entziffernd den Ruf eines Fremden,
aufbewahrt in dem kühlen Vergehen
einer Lebensessenz.

Jamioulx, 1975

Trostlosigkeit in der Fremde

Wohnt er in dir, oder ist er fort, der Lebenshauch deines Herzens,
oder ist er zertrümmert wie des Bernsteins blaues Licht?
Seine Helligkeit ist am Rande
der zerklüfteten und runzligen Augen,
vorangetrieben vom veränderten Starren deines
schweigsamen Gesichtes.

Deine gebrochenen Hände, irgendwie zärtlich,
nennen die Erinnerungen
die in deinen Atemzügen schweben,
manchmal die Tränen wiederfinden.
Sie schreiten so groß, groß und vieläugig
den täglich warmen Gesichtern nach,
die stets woanders sind,
verändert unterm bitteren Schattendunkel.

Das Entfernteste und das Ungesehene wollen beieinander sein;
ihnen, so still wie Augenschweigen, wolltest du alles sagen
und dem Unhörbaren,
das in deiner Abwesenheit sich selbst zuflüstert,
verletzt von der Tücke des Vergehens –
kühl nimmt es Anteil am Unsichtbaren der vergangenen Jahre.

So vergänglich verbrachtest die Tage du
im Turm der Stille, unter den leeren Tagen allein,
dich tröstend, fieberst von der drohenden Zeit;
sie ist im Nirgendwo,
berührt und gehört von dir, als der Abweg begann,
nachsinnend über dich in deinem kleinen Schatten,
wo sich die Irrlichter kreuzen.

Die Fremde, die du kennst, kommt von unten,
aus dem herben, steinernen Boden,
aus dem Erdreich, wo die Grüfte taub und lautlos sind,
wo Grabblumen wimmeln an anderen finsteren Orten
und dahin zurückkehren,

wo sie nicht wissen, wohin sie gehören.

Die Zeit, die dahinzieht, weil sie unauffindbar bleibt,
sie ist wie Malachit grün,
oder brennt einmal rot,
oder kommt angeweicht von Nelken und Nelken,
mit schwermütiger Erschöpfung deines Herzens;
sie erfüllt deine Augen triumphierend mit dem,
was du nicht mehr bist,
da, nur dich zu schauen,
ausgesetzt den hellen Trümmern deiner Kräfte
erleuchtet und erloschen.

Lennep, 1975

Grenzenloses Schweigen

Düster und abwesend in seinem dichten Schweigen
liegt er im Bett,
seine lichtüberspielten Augen
aus ihren unergründlichen Tiefen
wirbeln unter schweren Schattierungen,
wüten, wandern gläsern
dem prallenden Licht entgegen.

Seine Augen gehen mit denen,
die noch gehen, dann,
wenn ihr Licht auf sie fällt;
der dunkle Glanz seiner Augen sucht dennoch
auch dich und dich
in deinem und deinem düsteren Herzen,
gelöst von unfassbarem Schicksal,
sie stoßen hilflos an sein grenzenloses Schweigen,
umkreisen sich laut entfaltend sein Krankenbett.

Sein Lächeln und sein helles Gelächter,
sie taten so weh;
von magischen Dornen geflochten,
erfreut in seinem Licht seiner Tiefe
schleichen sie weiter, fühlen alles, alles,
fühlsam sich anhören
und funkeln wie wunderbare Schattenfalter,
entfaltet auf seinem kranken Herzen.

Jeder Menschenschatten und sein Schatten
zwischen Lippen und Stimmen
ist ein Schein der flüchtigen Worte,
die schwer wie verschlossene Verstoßenheit
drohen über Weizenfeldern
und keine Antwort geben deinem wortlosen Blick.

Seltsames Zittern bebt
und senkt sich in seinen endlosen Körper,

der im erschrockenen Schweigen öde Nachtflut fühlt,
so blass wie seine Stimme, leise und dünn,
muffig und abgestanden,
hin und her getrieben, sich verschrumpft pressend
an seinen geistesabwesenden Mund.

Über der längsten Stille strömt ein dauernder Schmerz,
mit erhobenen Armen senkt er sich
in die schwache Tiefe seines Körpers;
tief unten die Stunden starren,
hell glühend, schauen ihn im Bett;
wie ein Leuchtturm ist er,
mit dem dunklen Stöhnen
an sein Leiden geschmiegt.

Jamioulx und Lennep, 1975

Wohin?

Wo willst du hin? fragte wortlos ein Schicksal
und schrumpfte ihn klein.
Hielt ihm die Augen zu,
von seinen Händen ergriffen.
Da waren keine Stimmen,
war nicht ein Wort
noch Schweigen,
nur selbstsüchtiger Mut
herrisch und taub unter der künftigen Zeit.

Von weitem, an seinem durchrüttelten Herzen
brach selig ein Lächeln hervor, einzig,
so winzig, wand sich um den einsamen Menschen
und umwand ihn
in perfekter gesichtsloser Proportion.
Vielleicht hohl oder verflucht,
er wusste nicht,
er sah niemanden,
nur seinen Schatten, der vorwurfsvoll
vor ihm flackerte.

Denn alle standen da und er auch
und schenkten ihm großzügig das Nichts.
Unterbrochen von Schweigen rief er
drunter, drüber, pausenlos.
Es gab keine Antwort und dort
blieb er allein,
überwältigt unter den lebenden Schatten
für lange Zeit.

Was er berührte, verwandelte sich
in die schweren Hände,
in das Lied,
das heulte in Angst
im Bunde mit der großen Einsamkeit.
Sie war ihm Gefährtin
in seiner sanften und scheuen Stille,

zitternd auf seinem Mund,
schluckte
mit ihm seine Tränen.

Wie ein taufeuchte Rose,
die seine Tröstung ertränkte,
ging er über die Erde allein,
hörte sich nicht und rannte von sich
mit ausgestreckten Händen
in aller Welt;
er lauschte ihr stolpernd
in der Tiefe ihrer Tiefe
ohne ein Ziel
scheu von ihrem geheimen Selbst.

Lennep, 1975

Die Jahre

Die Jahre vergingen heimlich und unterirdisch
und verblichen in großer besterntere Leere,
zäh wie eiserne Ketten sind sie,
gelegt um seine dunkle Identität,
die völlig allein mit ihm
bucklig sich in seinem Schweigen erstreckt,
abwesend in den Fremden blickend.

Er wollte nicht reden,
wollte nicht hinsehen,
fürchtete sich vor der ruhigen Schwere
der trüben Münder,
die schwiegen wie er,
und sie waren gleichfalls
er selber,
und nie mehr wussten sie
wer sie waren
und wer er war,
er, der in allen lebte.

Manchmal blickte jener ihn an, und noch,
und noch, drohte ihm
und erkannte ihn nicht in seinem Schweigen,
seinem durchdringenden schmerzhaften Schweigen.
Gleich seinen zusammengeballten Tagen
ist er, die immer eilten,
ihn verweigerten,
in weinen machten,
immer in seiner Distanz.

Auf den dünnen und dunklen Pfaden
schleppte er sich jeden Tag zurück,
abwesend schritt er
in seiner wiederkehrenden Stille
zart wie eine Geige,
zieht weiter seine Bahn

gequält von seinem misstrauenden Lachen
angstlos erkennend, wer er ist,
wer er war.

Jamioulx, 1975 - 1998

Erkrannkt

Welche Stille, welchen Frieden verteilt das unerbittliche Licht?
Alles dehnt sich aus wie das Ach, wie ein Pfand
dem zurückkehrenden Mond, der sich in sich und in ihm neigt,
in erblickt in dem dämmernden Schleier der Nacht.

Sein Blick, eingehüllt im glänzenden Schatten,
steigt von Richtungen her in verschwundenem Licht empor,
und kehrt zu seinem Ursprung zurück als riesige Erinnerung,
und verfolgt ihn ganz allein,
spurlos versunken in seine vergangene Zeit.

Das Dunkel, mit seinem Menschenblut bespritzt,
schweigt wie eine Glocke.
In seiner Torheit, in seinem Wahn lauscht ihm das schauerliche
Geheul, das ihn und sein Bett bedeckt; ausgeteilt in
dunkelglutenden Ruf, lächelt und dröhnt es vor seinem Krankenbett.

Der traurige Blick, der die Erde ausrotten will,
unermesslich aus sich das Gift ausgießt, getaucht
in Jasmin, der rauscht totzitternd, verfolgt und gefürchtet
von seinen beiden halb geschlossenen Augen,
entrauscht im erregten Ekel.

Verstummt unter den Schmerzen röcheln die Schäden
verkleidet in dem Schweigen eines Ausländers;
seine störende Stimme aus seinem entsetzten Herzen
begreift nicht das blinde Vergehen, das nur in die Tiefe der Erde fließt.

Die vernichtete Seele strömt zum gespenstisch glänzenden Lachen,
gefesselt an die Nacht; phosphorleuchtend zerfließt es mit seinen
Schmerzen, getrieben in die Einsamkeit seines Zuhauses.
Hier spricht sie leise, leise mit sich in zärtlicher Liebe,
hier zu Hause an seinem Bett.

Hier an dem Krankenbett

Ein Lächeln und noch eines
auf blassem Mund aus salzigem Geruch
verändern sich allmählich,
das Schattendunkel lähmend.
Ein Augenblick aus Traum und Nichts
löscht das kalte Vergehen,
bis er selbst versteinert wird.

Hier an dem Krankenbett,
grub sich das Dunkel in das taube Dunkel ein,
nebeneinander stehen sie am leblosen Leib,
sprechen ihn an und dann
schweigen sie und schweigen nicht;
kalt und schwarz sind sie
wie sein weit entfernter und doch naher Blick,
der in geräuschloser Finsternis ertränkt
erduldet das eiskalte Licht.

Die Erde erzählt den verkrüppelten Stunden
in der Sprache des reglosen Schattenlautes,
der gesenkt hinter dem Erbarmen
das Leiden aus trauergekleideter Mitternacht schöpft.
Weit aufgerissene Stille rückwärts schaut,
schaut zu ihm, nur zu ihm,
verwirrt von seinen dunklen ruhenden Augen,
verhüllt sich mit gläserner Zärtlichkeit aus dem Licht.

Die Geräusche der toten Küsse aus schwarzer Stille
gehen hin zu ihm,
der einem dunklen Saphir aus welkem Licht gleicht.
Er liegt geschmiedet an das Bett mit langem,
langem Lächeln aus kalter Glut an seinem Mund;
vergessen von seinen dunklen Augen,
verdrängt das Staunen in einen reinen Blick.

O du erschöpfter kleiner Mann,

Wunde der Epoche umlodert deine toten
Augen,
deren reiner Blick
jetzt die Erde deines Heims erkundet,
und die Tage in der Fremde,
gefesselt an dein blasses Gesicht,
ragen hoch über dem Erdreich auf
wie ein blasser Lärm
und ziehen dem schwarzen Geheimnis zu,
verschmolzen mit traurigem Widerhall.

Nur selig zusammenfließende Stimme
zieht lächelnd an dir vorbei
in die Ferne,
in die Schweigsamkeit.
Unzählige Augen tragen deine Tränen
der verlassenen Reglosigkeit entgegen.

Jamioulx, 1975

Eine betäubende Angst

Und gab der Mensch
seine Hände dem Dämmerweh,
worin der Schreckenblick ist,
der immer näher und näher kommt,
gefürchtet von sich selbst,
fing an, den und den
und nach dem Namen zu fragen.
Er würde dir und dir alles
aus dem Dunkel sagen,
oder auch nicht,
er würde heimlich lachen
und nehmen von dir Abschied
ohne Ade.

Die Schreckenfarbentöne,
die die Blumen zerstören
da zwischen morschem Laub und Ästen,
auf die sich heiße Sehnsucht wirft,
spürend aus dem Licht des langsamen Vergehens
die Blüte des erloschenen Tages.

Etwas reißt unsere Illusionen auseinander
und unser Herz erkaltet
und dein und sein,
umkreist vom Weinen.
In grauen Kräften sind sie,
die mit zerstörten Leibern
in ein Schicksal münden
wie zerfallene Materie,
die mit ihm weint.

Leichtes Schweigen in dir,
in dir auch, in ihm auch,
wie dunkler Bann trostsuchend bricht hinaus
als frisches Starren zur Erde;
selsam ist es in seinem Innern,

in dem ein stummer,
sehr stummer Name vorbeieilt,
verfolgt von einer Sehnsucht –
einer unreinen Stimme aus Nichts.

Dazwischen bleibt eine betäubende Angst,
als sei sie ein blauer Schein,
groß wie ein Glockenruf
einer schreienden Feste des eigenen Seins, oder Nicht-Seins;
ineinander verflochten stürzt alles
in den Glanz der genachteten Augen,
die sich selbst geräuschlos begraben.

Jamioulx, 1975

Im tiefen Licht

Heftig atmend schließen Berührungen die Augenglut,
streben zur dichten Nacht, wollen
sich der neu entstandnen Küsse vergewissern, umarmt versinken,
in sanfter Tiefe münden, empfindungsbebend.

Das Herz erschallt im Flammenglühen,
schwillt gebannt mit süßem Ächzen zu weitgedehnter Woge,
das zerstößt das spröde wie das weiche Atmen, schmiegt sich eng
ans andre Herz, ergossen über der Liebsten Zier.

Durch geschlossene Augen schaut die Blumenarie hellrot,
senkt sich leicht nach innen, entschwebt dem Blau,
flammt auf in hellem Klang, der in ein winziges Flüstern fließt,
wiegend das schwere Licht, das –
im Dunkel vergessen – sich verliert.

Eilende Küsse, rings um die Leiber gestreut,
folgen den sich biegenden Erstreckungen der enthüllten Brüste,
erglühen in ihrer emporgereckten Dichte,
dürsten nach vollkommenen Herzen, flüstern zaghafte Begier.

Vereintes Schweben, aus sanften Liebkosungen geboren,
glänzt seidenweich im Beben, gleitet und entweicht,
in einen zierliche Wirbel aufgelöst, sinnenentrückt,
kommt im Rest der Tränenworte benetzt zur Ruhe.

Im tiefen Laut wie aus dem Inneren eines Sterns
hält unendlich Transparenteres die Augen tief versenkt,
stürmisch dehnt's den brennenden Ruf in zartgliedrige Leere,
unsichtbar, verschollen, im Unendlichen verankert,
taumelnd jenseits dieser Erde.

Ferne Gespräche

Gläsern kalt das taube Lauschen –
stimmlos ruft's in ungeheurem Schweigen.
Wirbelnd im Schmerz, der verzehrend sich nach allen Seiten breitet,
lastet geheime Stille, unberührt von der Vollkommenheit.

Die halb geschlossenen Augen werden schwer vom Selbstgespräch,
schauen reglos in die laute Leere, die silberschwarz
sich nach und nach in tastbare Ferne dehnt
als eisige Wellen – herzlos stöhnen sie aus allen Poren.

In gramgrauer Undurchdringlichkeit möchte etwas weinen,
möchte dröhnen, unaufhörlich und erneut,
in jenem dumpfen Richtmaß,
das einer Säule gleicht, hell hallend, Kraft des Schweigens,
gebrochen von umschnürtem Zittern, gefolgt von Dehnen.

Der Kopf hängt tief, gebannt vom lastenden Versagen,
das verschließt sich – vom Schweigen abgewiesen – in sich selbst
als das Ganze eines Nichts mit der Stimme einer Wunde,
um taub, unmerklich angespannt, den Traum zu ertragen.

Glied für Glied der zerbrechlichen Selbstverleugnungskette –
vermummt wuchs sie hervor und blickt sich ins Gesicht –
erstarrt ins Mark, als wäre jedes einzelne aus Eisen.
In wehrlosen Gedanken tönt das Wort,
sich nicht im Ringen zu verlieren.

So klein, verächtlich ist die Stundenlast der Augenblicke,
verängstigt zum Ding gemacht von unbezwinglicher Anmut,
die lauscht dem schattigen Weg, erfroren in der unverrückbaren Zeit,
die in der Wunde ihrem eigenen Erstarren folgt.

Printed by Books on Demand GmbH, Norderstedt / Germany